AF361049

OBSERVATIONS

PATRIOTIQUES

SUR

LA PRISE DE LA BASTILLE,

DU 14 JUILLET 1789,

ET SUR LES SUITES

DE CET ÉVÉNEMENT.

A PARIS,

Chez DEBRAY, Libraire au Palais Royal, fous
les galeries de bois, N°. 235.

1789.

OBSERVATIONS

PATRIOTIQUES

SUR

LA PRISE DE LA BASTILLE

DU 14 JUILLET 1789.

ET SUR LES SUITES DE CET ÉVÉNEMENT.

N°. I.

Magnus Dominus, & laudabilis nimis in civitate Dei noſtri.

Pſ. 47, v. 1.

IL va donc diſparoître, & ſans doute pour jamais, ce monument affreux du deſpotiſme & de la tyrannie, ce lieu d'horreur & de déſeſpoir, arroſé depuis quatre ſiecles des larmes & du ſang de mes concitoyens ! enfin ce lieu terrible, dont le nom ſeul effrayoit l'innocence, en ſervant de ſauve-garde à tous les crimes, à la fureur & aux vengeances des Miniſtres

A

de nos Rois ; bientôt il n'en reſtera que le ſouvenir.

C'eſt d'en-haut , il n'en faut point douter, que vient un miracle ſi prodigieux. C'eſt l'Eternel qui , touché des maux qui nous accabloient, vient d'appeſantir ſon bras ſur tous les coupables des forfaits qui cauſoient nos malheurs , en opérant une révolution qu'il étoit impoſſible de prévoir , & dont on ne trouve aucun exemple dans toutes les hiſtoires du monde. *Magnus Dominus , & laudabilis nimis in civitate Dei noſtri.*

La Baſtille n'eſt plus , & cet édifice menaçant, qui, pour ſa conſtruction, a coûté quinze années de travaux , cet édifice commencé par Charles V en 1369 pour la défenſe du royaume contre les Anglois, fini en 1383 ſous Charles VI , dont l'épouſe infidèle (Iſabelle de Bavière, Princeſſe Allemande) vendit la France à ces mêmes Anglois , de concert avec les Bourguignons , & fit proclamer Roi Henri VI, fils du Roi d'Angleterre, en arrachant la couronne de France à ſon propre fils ; cet édifice qui, depuis, a cauſé tant de maux à la France , qui a fait trembler Henri IV & Louis XIV, devient en moins de trois heures la conquête des ſeuls Pariſiens réduits au dé-

fefpoir. Avec ce coloffe épouvantable tom-
bent en un inftant les chaînes de toute une
nation opprimée, & le jour de fa chûte devient l'époque mémorable de la liberté des
François. Confolez-vous, compatriotes chéris,
confolez-vous; nous n'aurons plus à pleurer
nos pères, nos enfans, nos époux enterrés,
pour ainfi dire, tout vivans, & dérobés à la
nature entière par les mains du defpotifme.
Nous n'aurons plus à craindre d'agir ni de
parler, même pour le bien de l'état; & notre
feule penfée ne fera plus, comme autrefois,
un crime aux yeux du plus vil ennemi de la
fociété. Enfin toute l'infame engeance de la
police ne portera plus l'alarme jufques dans nos
foyers. Profcrivons à jamais la mémoire des
bourreaux de nos familles; profcrivons ceux
qui, voulant devenir les nôtres, viennent de
dérober, par leur fuite, leurs têtes criminelles
à la rigueur des lois qu'ils ont toujours vio-
lées; & que l'hiftoire impartiale & fidèle tranf-
mette tout à la fois à la poftérité le tableau
de nos malheurs & celui de notre vengeance.
Et vous, Prince, Prélat généreux & bienfaifant, dont l'infortune a affligé l'Europe entière, & l'a indignée contre vos ennemis, vous
dont le Parlement de Paris, quoique bas &

fervile inftrument du defpotifme, a été forcé de publier l'innocence ; vous qui, malgré ce triomphe, & au milieu des applaudiffemens du peuple, avez été arraché d'entre fes bras, & privé de votre liberté par ce même defpotifme ; vous enfin dont toute la Touraine, à notre exemple, a chanté les louanges dans vos malheurs ; illuftre victime de la plus odieufe manœuvre de cour, répondez à nos vœux, & accourez dans nos bras prêts à vous défendre. Le perfide Delaunay n'eft plus. La plupart de vos ennemis font en fuite. Le cruel & vindicatif Breteuil ne peut plus vous nuire, & perfonne, après lui, n'ofera foutenir le bras qui vous portoit fes coups. Enfin il ne refte plus à la Baftille que les veftiges de votre mifère, & votre préfence augmentera notre courage, pour en détruire jufqu'à la moindre trace.

C'eft, dis-je, à la poftérité, ou plutôt c'eft à l'univers qu'il faut apprendre dès à préfent les horreurs, les infamies, les cruautés qui fe commettoient dans ce lieu d'amertume & de douleur. Que n'ai-je pu prévoir, grand Dieu, l'événement du 14 juillet ! Que n'ai-je pu, même au péril de ma vie, pénétrer dans cette caverne infernale au moment où pour la première fois, depuis fon exiftence, un mortel a pu y paroître impunément! Quels foins, quelle attention n'aurois-je pas donnés à recueillir les preuves littérales des abominations & des actes d'inhumanité qu'on y a exercés depuis plufieurs fiècles! Ah! je déplore bien fincerement ces inftans de rage populaire où l'on met tout à feu & à fang, fans diftinction, & fans recueillir les fruits d'une victoire qu'on ne devoit pas efpérer!

Delaunay méritoit la mort; tout le monde en conviendra : il étoit traître à la nation, perfide, affaffin. On pouvoit, on devoit même, fuivant les lois de la guerre, le pendre fur les tours de la Baftille, où, après avoir arboré le pavillon, il avoit fait feu fur les affiégeans; mais ne l'ayant pas fait, & ayant eu le temps de la réflexion pendant la route qui conduit à l'Hôtel-de-Ville, on devoit le faire juger à ce même Hôtel-de-Ville par un confeil de guerre de la nation, & le faire exécuter fur le champ. Si Voltaire a dit, en parlant d'un homme illuftre de notre fiècle, que tout François auroit pu le faire périr, excepté le bourreau, parce que cet homme n'étoit coupable que de duretés envers le peuple; je me crois en droit d'avancer, de foutenir même qu'au bourreau feul appartenoit le droit de trancher les jours de Delaunay, & que le traître n'eût pas évité cette infamie, s'il eût été jugé légalement. Quelqu'un, au contraire, peut-il aſſurer aujourd'hui que ce malheureux, ainſi que les Fleſſelles, les Berthier, que Foulon même, dévoué à la potence depuis tant d'années par la nation entière, ne feront pas un jour réhabilités, ſous prétexte qu'ils auront été aſſaſſinés dans une ſédition populaire? On a vu, dans l'hiſtoire, Ravaillac, Duchâtel, & Guignard, canoniſés par les Jéſuites ; qui peut donc répondre qu'un jour on ne verra pas Saint Foulon dans la légende, comme martyr de la fidélité ? Il ne falloit que prendre contre ce ſcélérat les dépoſitions de tous les Officiers François ſur ſes exactions dans ſon intendance de l'armée ; & ſur ce point ſeul, on l'auroit convaincu de plus de crimes qu'il n'en faut pour mériter mille morts. O François, peuple idole de mon ame, qu'avez-vous fait ? combien m'avez-vous affligé dans ces inſtans de délire & de fureur ! O vous qui juſques-là aviez donné à toute l'Europe l'exemple de la douceur & de l'humanité, combien allez-vous perdre dans l'opinion publique, ſi la réflexion ne rend pas à vos eſprits le calme dont ils ont

beſoin ! Réfléchiſſez donc, nation ſenſible &
tendre par caractère, & retournez aux ſenti-
mens qui vous étoient naturels. Je vous écris
avec confiance, & j'en attends plus de fruit
que des motions de nos diſtricts, où ſouvent
elles ſont précipitées par les circonſtances,
plus ſouvent encore mal entendues , & où
preſque toujours la prépondérance de ceux
qui occupent les premières places , contraint la
raiſon au ſilence , que j'y ai gardé moi-même
juſqu'ici.

Si donc, mes chers concitoyens, après les
premiers momens d'une fureur, juſte à la vé-
rité dans ſon principe, mais qui doit aujour-
d'hui faire place à la raiſon pour votre propre
intérêt , vous voulez prononcer encore des
proſcriptions contre nos ennemis communs;
ſi , comme je l'entends de toutes parts, vous
livrez à ces proſcriptions les Condé, les Conti,
les Bourbon , les Enghien , les Polignac, les
Barentin , les Broglie, les Lambeſc , les Be-
ſenval, les Breteuil, les Sartine, les Lenoir ,
les Thiéry, l'Abbé de Vermont, un de Croſne
enfin , qui n'a pas ſu pourvoir à votre ſub-
ſiſtance, & tant d'autres qui peut-être ont mé-
rité votre colère ; accuſez-les à la nation, &
dénoncez-lui les chefs d'accuſation ſur leſquels

vous défirerez une inftruction rigoureufe. Je vais vous en donner l'exemple contre le fieur de Sartine, qui, étant né fans aucun bien, eft parvenu au miniftère, & jouit d'une fortune immenfe à droit de conquête du defpotifme fur la nation Que chaque citoyen rende publics, comme je le fais aujourd'hui, les crimes qu'il fait avoir été commis contre elle. Livrez les coupables à cette nation affemblée, qui, veillant nuit & jour fur votre liberté, a un droit entier à votre confiance. Demandez lui des juges pris dans fes repréfentans. Rejetez même, fi vous le voulez, tous les Parlemens & Confeillers d'Etat, ferviteurs à gages & connus de la cour, des grands, & des Miniftres. Gardez vous mêmes vos prifonniers avec foin & fidélité. Demandez à cette nation qu'elle interpelle tous ceux qui font en fuite, de fe repréfenter dans trois mois, & de venir rendre compte de leur conduite, fous peine de confifcation de leurs biens, penfions, & dignités (car il eft poffible que l'innocence même ait été effrayée de vos fureurs). Alors le crime feul redoutera votre juftice, & fera forcé d'implorer votre clémence; mais fur tout, & je vous en conjure, ne fouillez plus vos mains du fang de vos frères, & ne vous ex-

poſez plus à des reproches trop fondés de fureur & d'inhumanité.

Lorſque vous aurez à vous plaindre, appe-
lez la juſtice à votre ſecours , & n'employez
que ſon glaive pour vous venger; alors vous
aurez l'avantage, que vous avez perdu juſqu'ici,
de connoître les complices de vos tyrans; vous
aurez la conſolation d'avoir demandé juſtice
& de l'avoir obtenue , ſans avoir à craindre
que les grands vous forcent à l'avenir à vous
la faire vous mêmes. Je dis plus , & d'après
M. Necker, ſauveur de la patrie, de M. Necker , mon héros & le vôtre, je ſuis convaincu
que ſi quelque coupable , autre que le Prince
Lambeſc , dont la cruauté ne mérite aucun par-
don, vous demande indulgence & bonté , vous
vous porterez naturellement ; & même avec
plaiſir, à ce doux ſentiment de miſéricorde,
qui vous comblera de gloire chez tous les peu-
ples du monde.

Puniſſez, j'y conſens , les coupables; mais,
je le répète encor, que ce ſoit ſans effuſion de
ſang. Preſſurez toutes les ſangſues de l'état,
& faites les rendre gorge. Arrêtez , ſaiſiſſez
tous leurs revenus pendant leur abſence , &
empêchez-les de faire paſſer ces revenus chez
l'étranger, peut-être même chez nos ennemis.

Tout cela eſt juſte ; mais, encore une fois, ne verſons plus de ſang. Aſſurez la vie des proſcrits, en les rappelant. Contentez-vous de la confeſſion de leurs iniquités, qui les humiliera plus que la mort , & qui les rendra plus réſervés pendant toute leur vie, ſur-tout ſi, comme cela eſt juſte encore, vous les réduiſez à la fortune de leurs pères, ſi vous les forcez à reſtituer à la nation tout ce qu'ils lui ont dérobé, & à vous faire l'aveu de leurs complices.

Si l'on eût gardé cette modération lorſque Fleſſelles & Berthier ont été accuſés d'infidélité à l'Hôtel-de-Ville ; ſi on l'eût gardée vis-à-vis de Foulon, & qu'on lui eût fait rendre compte judiciairement de toutes les exactions de ſa vie ; combien de confiſcations de biens n'auriez-vous pas à prétendre aujourd'hui ! combien de complices n'auriez vous pas découverts ! combien n'en découvrirez-vous pas encore de l'infame complot qui jadis fut formé contre l'infortuné la Chalotais, ſi vous voulez informer contre les mépriſables membres de la commiſſion ſanguinaire qui avoit juré la perte de ce vertueux Magiſtrat , & qui tous ont été récompenſés de leurs perfides diſpoſitions à le ſacrifier.

· Enfin fi l'on eût gardé cette modération lors de la prife de la Baftille ; fi on avoit inftruit régulierement le procès de Delaunay ; fi, au lieu de mettre le feu à fon logement, on eût pris & gardé avec foin tous fes regiftres & fes papiers ; fi on eût enlevé fans défordre tous les cartons que le public a pu voir chez lui, & qui renfermoient les pièces concernant chaque prifonnier, dont les noms même étoient infcrits fur ces cartons ; enfin fi, au lieu d'affommer ce miférable', on l'eût interrogé fur ces regiftres, fur ces papiers, fur les ordres fecrets qu'il avoit reçus des Miniftres, enfin fur tous les actes de cruauté exercés dans la Baftille par ces mêmes Miniftres, par les Lieutenans de police, & par les Commiffaires foudoyés par cette même police pour la perfécution des malheureux prifonniers ; combien de lumières n'auroit-on pas acquifes, & combien de complices n'eût-on pas découverts !

Si enfuite on fe fût tranfporté chez le Lieutenant de police avec une force convenable, mais fans tumulte, & qu'on fe fût faifi de tous les papiers de fes bureaux, fur-tout de celui du nommé Cauchie, l'un de fes Commis, auquel, entre autres chofes, quoiqu'à l'âge de vingt-trois ans, il a donné le département de la Baſtille (1). Si on eût uſé de la même précaution à l'égard des Commiſſaires *Chenon*, *père & fils*, & du Commiſſaire *Dorival*, tous apôtres connus de la perſécution, combien d'infamies n'eût-on pas miſes au jour, & combien de coupables la nation n'auroit-elle pas à punir aujourd'hui !

Tant de renſeignemens ſi précieux ſont au contraire ou ſouſtraits maintenant par ceux qui ſont intéreſſés à les dérober aux yeux de la nation, ou répandus par lambeaux dans les mains furieuſes qui les ont miſes en pièces. O vous, qui que vous puiſſiez être, dépoſitaires des preuves ſi précieuſes de l'atteinte & des coups qu'on a portés ſi ſouvent à notre liberté, notre cauſe eſt commune, nos intérêts

---

(1) Ce Cauchie eſt fils d'un pauvre & mauvais Serrurier de Rouen, auquel le ſieur de Croſne, incapable de la moindre choſe par lui-même, a donné dans ſes bureaux la partie de la Baſtille, des ſpectacles, & de la librairie. On aſſure que cette place lui vaut 18 à 20000 l. de rente aux dépens de l'état ; & il en eſt de même de toutes celles principales de la police, qui ſont auſſi nuiſibles au bien public, & que la nation paye néanmoins ſi cherement.

font les mêmes en ce jour. Je vous invite à recueillir ces pièces avec soin, & à les publier avec fidélité. Qu'elles deviennent pour les siè-cles futurs un corps d'hiftoire des maux que nous avons foufferts, & l'apologie des moyens que le défefpoir nous a fait employer pour en préferver la France à jamais.

Si j'en crois les bruits publics, & même quelques perfonnes dont je peux garantir la probité, il exifte dans les mains de quantité de citoyens, des lettres miniftérielles trouvées à la Baftille, par lefquelles on ordonnoit au Gouverneur de donner à tel ou tel prifonnier le vin d'amertume, fi dans trois jours on n'en-voyoit pas contr'ordre. Il en exifte qui ordon-noient de *faire le néceffaire*, c'eft-à-dire, à ce qu'on prétend, d'ôter la vie. Il exifte des re-giftres, & un entre autres où l'on affure que l'article du mafque de fer, dont l'hiftoire a fait tant de bruit, eft en blanc; & ce mafque de fer s'eft effectivement trouvé dans la Baf-tille, ainfi que l'échelle de corde à laquelle un prifonnier a travaillé pendant trente-deux ans, & qui lui a procuré la liberté après une cap-tivité fi longue & fi cruelle. On a vu dans Paris, après la prife de cette forterefse, un vieillard à barbe longue, ne pouvant pas foutenir la lumière ; & les papiers publics ont demandé pour lui des renseignemens qu'on n'a peut-être pas encore obtenus. Le sieur Lombard , Procureur au Parlement , gendre du Commissaire Dorival , dont la morgue & l'insolence l'ont porté souvent jusqu'à s'oublier lui-même , & à menacer de son chef les plus honnêtes gens , de la Bastille ; le sieur Lombard , dis-je , a trouvé la lettre de cachet au moyen de laquelle le Chancelier Maupéou l'avoit fait enfermer dans cet asile désolant, & où il l'a retenu long-temps encore après que Louis XV avoit ordonné sa liberté. L'Hôtel-de-Ville enfin , au moyen des soins qu'il a pris après le pillage , s'est procuré jusqu'aux débris des papiers échappés à la fureur du peuple. Il n'est donc pas impossible de faire une collection utile de tous les forfaits que nous ignorons, & quelle que soit la quantité de ceux dont on nous aura dérobé la connoissance , je suis persuadé qu'on devra frémir encore de ce qui sera publié.

Quant à moi, je me fais un devoir patriotique d'annoncer au public la seule liasse de papiers qui est tombée dans mes mains , & qui s'est trouvée dans la cour de la Bastille après son pillage. Elle suffiroit seule pour met-

tre au grand jour les infidélités & l'abus de
pouvoir des Lieutenans de police de Paris,
celles des Commiſſaires & de tous les indignes
ſuppôts que cette prétendue police employoit
pour troubler le repos des familles.

On y verra que, ſous prétexte & en vertu,
dit-on, d'une lettre de cachet qui cependant
n'ordonnoit pas de priver un citoyen de ſa
liberté, un Lieutenant de police ſe permettoit
ce forfait exécrable. On y verra qu'un Commiſſaire au Châtelet, bien payé ſans doute
pour le crime (puiſque tous aſpirent ſans ceſſe
au doux plaiſir d'être chargés par la police des
prétendus ordres du Roi), enlevoit les citoyens
de leurs foyers ſur le ſimple ordre du Lieutenant de police. On y verra que ce Commiſſaire,
d'accord avec un miſérable Inſpecteur de police, & ſans doute avec ſon indigne chef,
n'annonçoit pas à ceux qu'il enlevoit, ni même
à leur famille éplorée, dans quel coin de la
terre il alloit ſacrifier ſa victime. On y verra
que ce Commiſſaire n'en dit pas un mot
dans ſon procès verbal, & qu'il ſe contente,
ainſi que ſon Inſpecteur de police, d'annoncer
que celui-ci ſe charge de la conduire au lieu
de ſa deſtination, en vertu des ordres de Sa
Majeſté, qui cependant n'a pas donné ces

ordres cruels & barbares. Ici je m'arrête , &
je verfe des larmes de fang fur tant d'atrocités,
dont malheureufement le Ciel a différé fi long-
temps la punition.

C'eft la première fois de ma vie que j'écris
avec le deffein de publier mes réflexions; mais
j'ai cru devoir faire cet effort pour le bien
public & pour le falut de mes concitoyens,
qui fans doute, en faveur de mon zèle, ne me
feront pas un crime des négligences de mon
ftyle. Je me fuis donc fait une loi d'être fin-
cère , & je mets fous leurs yeux une copie
exacte & fidèle des pieces qui font dans mes
mains.

Iere. PIÈCE.

LETTRE DE CACHET.

DE PAR LE ROI.

IL eft ordonné au fieur de Rochebrune,
Commiffaire au Châtelet de Paris, de fe tranfporter, accompagné du fieur Dupuis, Infpecteur de police, chez la nommée Lépine,
à l'effet d'y faire une exacte perquifition , &
d'y faifir tout ce qui leur paroîtra fufpect, après
en

en avoir dreſſé proſés verbal. Fait à Verſailles le 14 janvier 1771. *Signé* L O U I S. *Et plus bas :* PHELIPEAUX.

O B S E R V A T I O N.

Cette lettre de cachet n'ordonne pas d'arrêter la nommée Lépine, mais ſeulement de ſaiſir tout ce qui paroîtra ſuſpect chez elle. Nous allons voir, par le procès verbal même du Commiſſaire & de ſon infâme recors, que ces honnêtes gens n'ont rien trouvé de ſuſpect, & que cependant ils ont enlevé cette malheureuſe.

I Ie. P I È C E.

ORDRE DU LIEUTENANT DE POLICE.

En exécution des ordres du Roi, en date de ce jour, à nous adreſſés par M. le Duc de la Vrillière, Miniſtre & Secrétaire d'Etat, M. le Commiſſaire de Rochebrune ſe tranſportera, accompagné du ſieur Dupuis, Inſpecteur de police, chez la dame Lépine, rue & près Saint-Jacques-du Haut-Pas, à l'effet d'y faire une exacte perquiſition, ſaiſir ſes papiers, y appoſer le ſcellé, & en dreſſer procès verbal, *ainſi que de ſa capture.* A Paris, ce 14 janvier 1771.

Signé DE SARTINE.

B

OBSERVATION.

Comment le fieur de Sartine a - t - il eu l'audace
de donner un ordre auffi terrible ? & comment a - t - il
ofé compromettre le nom facré du Roi, par l'énoncia-
tion d'un ordre de Sa Majefté, qui n'exiftoit pas ? O mes
chers concitoyens, j'ai befoin ici moi - même de toute
la modé ation à laquelle je viens de vous exhorter, pour
ne pas prononcer fur le fort que mériteroit l'auteur d'une
fcélérateffe auffi abominable. Telles ont été cependant
les gentilleffes de Lenoir & de tous les Lieutenans de
police de Paris, dont Dieu veuille nous délivrer pour
jamais.

IIIᵉ. ET DERNIÈRE PIÈCE.

Procès verbal du Commiffaire de Roche-
brune & de l'Infpecteur Dupuis, fon
digne acolyte.

L'an 1771, le mercredi 16 janvier, huit heures & demie du matin, nous Agnan-Philippe-
Michel de Rochebrune, Avocat au Parlement,
Commiffaire enquêteur examinateur au Châtelet de Paris ;

En exécution des ordres du Roi à nous
adreffés le 14 du préfent mois par M. le Lieutenant Général de police, à l'effet de nous
tranfporter, accompagné du fieur Dupuis,

Infpecteur de police, chez la dame Lépine,
rue & près Saint-Jacques-du-Haut-Pas , pour
y faire une exacte perquifition , faifir *fes papiers*,
y appofer le fcellé, & en dreffer procès-verbal,
ainfi que de fa capture (1).

Nous nous fommes tranfportés , avec le
fieur Pierre Dupuis , Confeiller du Roi (2),
Infpecteur de police , rue & faubourg Saint-
Jacques, dans une maifon dite le Mont Saint-
Adrien ; & étant entrés dans un corps de logis
à droite au fond de la cour , & montés dans
une chambre au fecond étage, ayant vue, tant
fur ladite cour, que fur un jardin, nous y avons
trouvé demoifelle Marie-Marguerite Bibolet,
âgée de quarante-huit ans paffés , native de
Paris, veuve du fieur Jofeph de Lépine, gar-
çon du Château au vieux Louvre, demeu-
rante à Paris, rue & faubourg Saint-Jacques,
dans ladite maifon où nous fommes, & de laquelle elle eft *principale locataire* (3), & lui
ayant fait entendre le fujet de notre tranfport,
nous avons fait, en fa préfence, perquifition
dans les différentes chambres dudit corps de
logis, & par le réfultat, nous n'y avons trouvé
qu'*un petit porte-feuille* (4), que nous avons en-
veloppé dans une demi-feuille de papier, fur les
bouts de laquelle nous avons appofé , en pré-

B 2

fence de ladite veuve de Lépine, un feul cachet de nos armes en cire d'Efpagne rouge ; & ledit porte feuille, ainfi fcellé, eft refté en la garde dudit fieur Dupuis, qui s'en eft chargé pour en faire la repréfentation quand il fera ainfi ordonné, & à ladite veuve Lépine. Signés avec ledit fieur Dupuis,

Signés DUPUIS & M. BIBOLET.

Enfuite ledit fieur Dupuis a arrêté, *conformément aux ordres de Sa Majefté* (5), ladite veuve Lépine, & s'eft chargé de la conduire au lieu de fa deftination, & a figné avec nous Commiffaire.

Signé DUPUIS.

Et avant que de déplacer, ladite veuve Lépine a confié le foin de ladite maifon à François Desbroffes, étant à fon fervice depuis un mois, & à la bonne foi & fidélité duquel elle s'en rapportoit entièrement, fans qu'il foit befoin de faire aucune defcription de tous les effets qu'elle laiffe ; & ont figné avec nous Commiffaire,

Signés DUPUIS, BIBOLET, FRANÇOIS DESBROSSES, & MICHEL DE ROCHEBRUNE.

OBSERVATIONS.

(1) Cela eſt littéralement prouvé faux. On voit que l'ordre du Roi ne porte pas de ſaiſir les papiers, & moins encore de ſaiſir la perſonne de cette infortunée. C'eſt Sartine ſeul qui donne cet ordre cruel, que le Commiſſaire ne devoit pas exécuter, puiſqu'il étoit contraire à celui du Roi, dont il a l'audace de faire mention.

(2) Un Inſpecteur de police Conſeiller du Roi ! Rien n'eſt plus capable de rendre ce titre odieux à tous les gens de bien, s'il faut qu'ils le partagent encore avec cette canaille.

(3) Une principale locataire arrêtée comme une perſonne ſans aveu ! grand Dieu ! fut-il jamais une inquiſition pareille ?

(4) On n'annonce rien de ſuſpect dans ce porte-feuille ; on ne déſigne même rien de ce qu'il contient ; on ne l'examine pas ; on ne fait aucune interpellation à la malheureuſe Lépine de le cacheter. Il a donc été facile d'y inſérer ou d'en ſouſtraire tout ce qu'on aura jugé à propos.

(5) Quelle impoſture ! *Conformément aux ordres de Sa Majeſté* ! & le Roi ne l'a pas ordonné. *Le lieu de ſa deſtination*, quel eſt-il ? Ces abominables ſuppôts du deſpotiſme n'oſent l'annoncer. C'eſt la Baſtille ; & le Roi, qu'ils font parler, ignore qu'on enléve à la ſociété un ſujet innocent & fidéle.

B 3

Maintenant je demande qu'eſt devenue cette malheureuſe créature ? A-t-elle bu le vin d'amertume ? a-t-on fait le néceſſaire ſur ſon déplorable individu ? Je ne peux y penſer ſans frémir. Répondez-moi, Sartine ; répondez à la nation qui vous interroge par ma voix ; inſtruiſez-nous elle & moi du ſort de votre victime ; enfin juſtifiez-vous, ſi cela vous eſt poſſible. Avouez-vous, ou méconnoiſſez-vous l'exiſtence des pièces dont je parle ? encore une fois, répondez. Je voudrois vous trouver innocens, vous & vos pareils ; mais quel étoit donc le crime de l'infortunée Lépine ? quel myſtére pouvoit contenir ſon petit portefeuille qu'on n'a pas ouvert ? comment a-t-il paru ſuſpect ? On ne nous l'apprend pas, on n'en dit même pas un mot ? Pourquoi avoir arrêté cette malheureuſe, qu'on ne dit pas non plus avoir paru ſuſpecte. Enfin pourquoi M. le Conſeiller du Roi, Inſpecteur de police, s'eſt-il emparé de ce portefeuille ? ne contenoit-il pas des effets qui auroient pu lui convenir, & qui auroient eu le même ſort que ceux dérobés à Caglioſtro dans la Baſtille, ou lors de ſon empriſonnement ? O l'heureuſe découverte que celle qui donne le pouvoir de ſuppoſer des ordres du Roi, pour enlever la fortune & la liberté des citoyens ! L'heureufe découverte que celle qui affranchit les Commiſſaires & les Inſpecteurs de police, de toutes les lois qui veillent à la ſûreté des hommes, & des ordonnances qui enjoignent d'inventorier, d'énoncer, coter, & parapher en préſence des parties intéreſſées, les pièces qui peuvent les convaincre ou les juſtifier ! enfin, mille & mille fois heureuſes la découverte & la reſſource des arrêts du Conſeil, ſi injuſtes & ſi illégaux qu'ils puiſſent être, pour mettre les ſpoliateurs de nos fortunes à l'abri des coups de la juſtice ordinaire, qui cependant eſt le ſeul rempart que nous ayons contre le deſpotiſme & la violence ! Ah ! malheureux Caglioſtro, que ces découvertes bienheureuſés vous ont coûté cher, quand un arrêt du Conſeil vous a défendu de réclamer ce dont on vous avoit dépouillé lors de l'empriſonnement injuſte que vous avez ſouffert, & lorſqu'en arrachant aux tribunaux ordinaires, c'eſt-à-dire, aux juges naturels, les vampires, Chenon & Delaunay, il les a ſauvés l'un & l'autre de la punition qu'ils méritoient !

Concluons donc de tout ceci, que depuis un temps immémorial il n'eſt rien de moins policé, rien même de plus arbitraire & de plus cruel pour la Capitale, que la police de Paris, rien de plus difpendieux , rien enfin de plus inutile , ni de plus à charge à l'Etat que l'adminiftration de fon régime, confiée à un feul homme, fouvent incapable de faire le bien, mais toujours propre, difpofé, & payé pour caufer des maux infinis. Qu'eft-il befoin en effet que l'Etat paye 1,570,000 livres chaque année pour la police de Paris (car c'eft à cette fomme que M. Necker lui-même porte cette dépenfe) (1) , & notre corps municipal , dont j'admire aujourd'hui la prudence & l'énergie , ne fuffit-il pas pour affurer les moyens de notre fubfiftance ? Son arrêté du 26 juillet ne nous annonce-t-il pas qu'il s'en occupe déjà férieufement, puifqu'il enjoint à tous ceux qui ont dans leurs mains , ou qui ont acheté des grains pour l'approvifionnement de Paris, de lui en donner un état exact ? Soyons donc tranquilles à cet égard, foyons-le plus que nous n'avons jamais pu l'être avec le fieur de Crofne , que nous avons payé fi chèrement pour nous expofer à la famine. N'a-t-on pas fu que, mandé à l'Hôtel-de-Ville pour l'informer de la quantité de grains dont il étoit affuré pour la capitale, il lui a été im-

____

(1) Voyez fon Difcours à l'ouverture des Etats Généraux.

poſſible de donner une réponſe poſitive &
ſatisfaiſante ſur un objet qui devenoit, dans la
circonſtance cruelle où nous nous trouvions ,
le plus important qui fût jamais ? A Dieu ne
plaiſe que je reproche au Comité permanent
les prétendues marques d'eſtime & de regrets
qu'il a bien voulu donner à ce Lieutenant
de police , lorſque celui-ci a pris le parti de
ſe retirer ! C'eſt au contraire , ſelon moi , un
acte de ſageſſe & de bonté , que j'avois jugé
néceſſaire pour faire diverſion à la fureur du
peuple , prêt à fondre ſur ce Magiſtrat qui ne
ſavoit plus où ſe cacher ; & tous ceux qui l'ont
connu auſſi bien que moi , ne doivent lui im-
puter d'autre faute que d'avoir obtenu par les
intrigues de ſon beau-père , & d'avoir accepté
une place qu'il n'a jamais été capable de remplir.
Mais il n'en eſt pas moins vrai qu'un Lieutenant
de Police de Paris ne ſuffit pas, & que ſon ſeul
individu même n'a pas aſſez d'intérêt à la choſe ,
pour diſſiper les frayeurs que nous devons avoir
ſans ceſſe ſur l'étendue des beſoins de la Capitale. C'eſt à notre corps municipal , c'eſt , en un
mot , à notre commune ſeule à veiller ſur ces
beſoins. Il eſt important qu'à Paris tout citoyen
puiſſe ſavoir à chaque inſtant du jour , non
ſeulement s'il aura de quoi vivre le lendemain ,

mais qu'il puisse favoir en tout temps qu'un million d'ames a sa subsistance assurée pour une année entière. Il faut que la quantité des magasins, celle des grains qu'ils renferment, les lieux où ils sont établis, soient connus de toute la Capitale, pour la tranquillité des citoyens. Alors ces magasins seront sous leur sauvegarde ; il n'y aura plus d'acapareurs, & personne ne sera plus tenté de piller un bien que chacun saura être gardé pour le nourrir. Peu de gens font instruits comme moi des infidélités, des friponneries même qu'on a commises au sujet des primes que la bonté du Roi a accordées pour soulager ses sujets, & pour faire venir en France des blés du pays étranger. Qui croiroit qu'un trait de bienfaisance pareil est devenu, pour les monopoleurs, un objet de spéculation, & que plusieurs d'entre eux ont trouvé l'inique secret de se procurer jusqu'à trois fois le payement de ces primes sur les mêmes blés ? Rien n'est cependant plus vrai, & il en est plusieurs, à Rouen sur-tout, qui, après avoir touché leur prime, ne voulant pas vendre, parce qu'ils tenoient le prix trop haut, feignoient d'envoyer leurs blés dans un autre port de France, moyennant des connoissemens qu'on a le talent d'obtenir à peu de frais, & alloient paroître feulement dans un port d'Angleterre ou de Hollande, pour revenir enfuite recevoir la prime promife par le Roi; & ces honnêtes gens ont répété ce manége jufqu'à trois fois.

O vous, Monarque bienfaifant, & vous, Nation fi cruellement opprimée jufqu'ici à fon infçu, ouvrez enfin les yeux, gouvernez, opérez par vous-même; nous perdrons jufqu'au fouvenir de nos tourmens! Le produit des terres de la France eft plus que fuffifant pour nourrir tous fes habitans; que chaque province fache en tout temps que fa fubfiftance en grains eft affurée pour une année entière; que chaque corps municipal ait cette certitude, qu'il la rende publique; que fans cette certitude toute exportation foit prohibée : alors votre vie ne dépendra plus du monopole ou de l'ignorance du Lieutenant de police. Les fonctions de ce Magiftrat ont été bornées, dans le principe, à la fûreté & à la propreté des rues, &, fi l'on veut, à l'infpection des lieux de débauche. Telle étoit fon inftitution primitive, lorfqu'on a démembré fon office du corps de la commune de Paris; mais aujourd'hui que cette commune, dont l'union feul indique fuffifamment l'union de fentimens & d'intérêts, eft chargée de fa garde , & que M. le Marquis de la Fayette , dont l'Europe entière connoît la bravoure & l'intelligence dans l'art de commander les troupes, fe charge de notre défenfe, pourrions-nous , fans rougir , attendre notre sûreté d'un Lieutenant de police ? Pourrions-nous confentir à payer encore 138,000 l. chaque année pour le guet & la garde de Paris (1), quand nous voyons M. de la Fayette établir, pour notre sûreté dans cette ville , une armée entière qui nous coûtera plus de moitié moins.

L'entretien & la réparation du pavé de Paris , fi mal entretenu , fi mal réparé, nous coûteront-ils encore 627,000 l. (2) ? Les travaux dans les carrières qui font fous cette ville & fes environs , nous coûteront-ils 400,000 l. par an (3), fi la commune , qui, plus que qui que ce foit, a intérêt d'y veiller , fe charge de l'infpeétion de ces objets, & n'y employe que d'honnêtes gens ? La furveillance néceffaire fur tous ceux qui fourniffent le pain, la viande, & toutes les

---

(1) Voyez l'état des dépenfes fixes , difcours de M. Necker.

(2) *Ibidem.*

(1) *Ibidem.*

chofes de première néceffité à cette ville immenfe , & fur ceux qui gardent fes habitans, peut-
elle, doit-elle même raifonnablement être confiée
à un feul homme , & ne doit-elle pas regarder ,
exclufivement à tout autre , le corps repréfen-
tatif de tous ces mêmes habitans ? Je ne fais
fi je m'abufe ; mais je penfe que la garde , la
sûreté , la propreté , la nourriture enfin & la
vie de tant de citoyens ne doivent être con-
fiés qu'à ceux qui les repréfentent , & qui ,
comme eux , ont intérêt à fe mettre en sûreté,
& à ne pas mourir de faim.

Depuis qu'il eft permis de parler & de fe
plaindre ; depuisqu'il n'y a plus ni lettres de
cachet , ni baftille ; depuis enfin que les infpecteurs & les efpions n'ofent plus paroître , la librairie ne peut plus être pour le Lieutenant de police un objet de furveillance ni de
perfécution. Notre comité permanent vient de
diffiper nos craintes à cet égard, en fupprimant
l'ufage des permiffions d'imprimer , jufqu'à ce
que l'affemblée nationale ait perfectionné fes
opérations fur la liberté de la preffe , demandée
dans toute la France. Rien ne peut être plus
fage dans ces temps d'agitation & d'angoiffes,
où l'on gémit encore des dangers qui ont me-
nacé la Capitale. Il eft donc jufte de laiffer aux

malheureux la liberté d'accufer les ennemis de la nation, & de demander juftice, puifque c'eft au moins pour eux une confolation qu'on ne doit pas leur refufer. Mais après ces orages, dont on peut efpérer aujourd'hui la fin prochaine, je penfe que, même pour la tranquillité publique, il feroit fage d'obliger les auteurs & les imprimeurs à fe nommer, parce qu'alors on n'avanceroit rien de faux ni de fcandaleux, rien enfin qui fût capable d'altérer l'harmonie & l'accord des citoyens, qui, fans cela, ne peuvent pas être parfaitement heureux. D'après cela, le Lieutenant de police n'ayant plus de fonctions à remplir fur cet objet, il eft certain qu'il ne peut regarder que le corps municipal.

Il en eft de même des fpectacles de Paris, où l'on voit chaque jour des abus, des injuftices, & des indécences de toute efpèce. Je traiterai cet article avec plus d'étendue par la fuite, fi j'ai la fatisfaction d'apprendre que mes obfervations font du goût des honnêtes gens & des vrais patriotes. Mon feul but, quant à préfent, eft d'avancer que la police des fpectacles de la Capitale ne doit appartenir qu'à la commune de cette grande ville, toujours prête à écouter avec bonté les repréfentations de fes membres ; que c'eft à elle feule enfin à juger des plaintes du public à cet égard , & à y établir une difcipline qu'on n'y a pas connue jufqu'à préfent.

Il ne refteroit donc plus au Lieutenant de police de Paris que les commiffions du Confeil , & le droit de juger au Châtelet, avec les autres juges de ce tribunal , les procès de fon reffort. Perfonne ne lui conteftera le privilége honorable de cette derniere fonction, qui doit lui fuffire , & qui par elle - même eft affez intéreffante , fans qu'il foit befoin d'y joindre celles de Commiffaire du Confeil, qui n'opèrent jamais que des injuftices & des perfécutions.

Le nom feul des commiffions eft depuis plufieurs fiècles odieux avec raifon à la nation françoife , & tous les tribunaux ont réclamé fans ceffe contre leur illégalité. Combien de maux, en effet, n'ont-elles pas opérés ! combien de fang n'ont-elles pas fait verfer ? & combien n'en aurions-nous pas vu répandre encore, fans l'heureufe révolution qui vient de nous délivrer de la tyrannie des Miniftres & des Courtifans ?

Non , braves François , nous ne pouvons nous le diffimuler. Si le doigt de Dieu n'eût pas marqué la fin de nos misères , & fi la cabale meurtrière de la cour n'eût pas été découverte par

la féroce imprudence du barbare Lambefc , fi
enfin cette imprudence n'eût pas éveillé notre
courage , & ne nous eût pas fait fecouer dans
un inftant le joug qui nous accabloit , nous
étions perdus , & les vrais défenfeurs de la
liberté feroient devenus les premières victimes
d'un defpotifme qui fe trouvoit établi pour
toujours. Ces défenfeurs , n'en doutez pas , auroient été bientôt dénoncés au gouvernement
par la bienfaifante police , par les Berthier , les
Fleffelles ; on les auroit livrés impitoyablement
aux horreurs de la Baftille , & à des commiffions
compofées de tous ces honnêtes gens auxquels
on auroit affocié les le Noir , les Sartine ,
& les Calonne même, tous gens à commiffion
par état & par goût. Que dis-je ? & qui fait fi
on ne les auroit pas fait préfider par l'honnête
Foulon , dont la Cour connoiffoit fi bien la
fingulière affection pour le peuple ?

Maudiffons donc à jamais le nom affreux &
la fanglante mémoire des commiffions ; rédui-
fons le Lieutenant de police à l'exercice de fes
fonctions naturelles , c'eft - à - dire , au droit
d'affifter à toutes les audiences du Châtelet , &
d'y préfider dans les matières de fimple police,
à l'inftar de fes confrères, dans tous les fiéges

du

du Royaume ; ne fouffrons plus qu'il ait à fa difpofition , & pour les prétendues commif-fions du Confeil , des milliers de lettres de cachet en blanc , & prêtes à remplir des noms de ceux qui lui déplaifent ; des Commiffaires & des Infpecteurs de police à leurs ordres en tout temps , & prêts à nous arracher de nos demeures au premier fignal ; des bureaux fans nombre , dont les chefs ont un état de 20 à 30,000 livres de rente, indépendamment d'une quantité de fous-chefs & de commis qui font à notre charge : ne fouffrons plus enfin qu'on nous faffe payer chaque année plus d'un million & demi pour nourrir le luxe & l'infolence de nos perfécuteurs ; arrachons de cette cruelle inquifition & de ce tribunal defpotique , tout ce qui, par une fuite d'abus & de contraintes, lui a été porté , & s'y trouve actuellement indécis ; rendons à nos juges naturels ce qui leur appartient , avec le tribut de notre con-fiance ; que chaque citoyen leur demande la juftice qu'il n'auroit pas obtenue dans une commiffion de police, & la réformation des juge-mens injuftes rendus dans cette commiffion , puifqu'un tribunal entier ne peut pas être in-jufte ou ignorant comme un feul homme. C'eft l'unique moyen de réparer une partie de nos

C

pertes , & peut-être ferai-je affez heureux, en dénonçant encore à la nation d'autres abus dans la fuite de cet ouvrage , pour indiquer des moyens affurés de les faire difparoître.

Par un Citoyen du diftrict du Sépulcre.